長田邦子詩集

黒乳／白乳

Black Milk ／ White Milk

コールサック社

詩集　黒乳／白乳——Black Milk/White Milk　目次

Ⅰ　黒乳　Black Milk

Ⅱ　白乳　White Milk

詩集

黒乳／白乳——Black Milk/White Milk

長田邦子

I

黒乳　Black Milk

Addiction ～それぞれの授乳～

それを絶つことはできない
想像してみればいい
泣き叫ぶ赤ん坊に乳を絶つことを

カタツムリの殻の中

寂しいのは
そばに誰かいないからじゃない
私の中に私がいないから

子どもを映す鏡

その家の居間の壁には
真鍮《しんちゅう》で縁取られた大きな鏡が飾られていました
小さなマリーがそこに姿を映すと
鏡は言いました
なんと愛おしい子だ
野うさぎのように柔らかく
繭のように清らかさを孕《はら》んでいる
この世の中におまえほど尊いものはない
姿を映すたび　鏡はそう囁《ささや》くので
マリーは宝物のように輝いた自分を鏡の中に見ました

やがて自分とともに他人を愛する人に育ちました

その家の台所の棚には
真鍮で縁取られた古い鏡が置いてありました
幼いビリーがそこに姿を映すと
鏡は言いました
なんと汚らわしい子だ
カッコウの雛のように邪悪で
追い払っても追い払っても集まる蠅のように煩《わずら》わしい
この世におまえのいる必要などない
目を瞑《つむ》っても　耳を塞《ふさ》いでも　鏡はそう罵《ののし》るので
ビリーは薄笑いした罪人のような自分を鏡の中に見ました
やがて自分とともに他人を信じることができない人に育ちました
その鏡には parents という文字が彫られていました

依存症

あんたたち
赤ん坊の頃
たっぷりともらっただろ
白いミルクを
ガキの頃
たっぷりと甘えただろ
あったかい胸に
俺たち
赤ん坊の頃
もらわなかったんだよ

白いミルクを
ガキの頃
誰にも言われなかったんだよ
可愛いなんて
依存症ってやつはさ
依存していればならないんだよ
依存していなかったからなるんだよ
皮肉だろ
与えられないまま
オトナになっちまったら
自分で満たすしかないだろ
白いミルクの代わりに
黒いミルクで

そんなことができない

ただ休みたいだけなのに
ただ抱いていてほしいだけなのに
ただメールがほしいだけなのに
ただ泣きたいだけなのに
そんな簡単なことが言えない
そんな簡単なことができない

泣かせて

どこかに泣いてもいい場所はありますか
涙がいっぱいになって
もうこらえられそうにありません
あの泉の淵なら泣いてもいいですか
泉が涙をうまく混ぜてくれるでしょうから
あの森の大樹になら身を寄せてもいいですか
幹が嗚咽《おえつ》を隠してくれるでしょうから
でも私には泉も森も大樹もない
どこかに泣いてもいい場所をください

日没のとき

太陽がこの世の支配を終え
地平線に帰るとき
始まる
支配者がいなくなり
夕暮が薄笑いを浮かべて
闇に曖昧に鍵を渡すとき
始まる
緋色が薄紫に変わり暗黒へと続く
太陽は知らない
この世の明るさを照らせばいいから

照らしているのは地上の上辺《うわべ》だけだから
表面がうまくいっていればいいから
そのとき
誓いが破られる
太陽は知らない
受け渡した鍵で
弱いものが闇に繋がれることを

月光

たるんだ皮膚を愛したことがあるか

酒と吐瀉物《としゃぶつ》を交えた臭気に
安心したことがあるか

夜明けの太陽に罪悪感を覚え
目を逸らしたことがあるか

止めようと誓っては破り
敗北感に言い訳をした夜があるか

俺たちは毎夜こうして生きている
微かな光の陰でこうして生きている

誰もが太陽に愛されたわけじゃない
誰もが陽光の下で育つわけじゃない

月が僅かに照らす中　俺たちは
こうして生きている

カンパイ

今日も負けました
あなたに負けました
カンパイ
乾杯
完敗

寂しさとワインのマリアージュ

空っぽの心と
満たされたワイングラス
このマリアージュで
今夜も乾杯

神の杯

寂しさを司《つかさど》る神がいる
その神は　人が寂しさを抱えきれないでいるとき
どうやら酒を注ぐ
それが神の愛なのか　罰なのかわからない

寂しい酒

酒を飲むのは湧いてくる寂しさがあるから
今日一人だから　今誰もいないからではない
もっともっと　記憶の闇から湧いてくる
喉を締め付けられるような
心臓を握り潰されるような
どうしようもない寂しさ
誰がいても　誰といても
決して癒えることのない寂しさ

魔法

酒を一口飲むと　ゆっくり魔法にかかる
記憶は薄められ　何もかも楽になり　世界はミルク色になる
過去も今もおとぎ話になり　許される

視力検査

右　左　下　斜め上
欠けているのはどこですか
あなたの心

どうしてお酒を飲むの

それはね

犯した過ちが私を
許してくれないからだよ

溢れだす悲しみを
塞き止めようとするからだよ

割り切れない思いを
考えないようにするからだよ

隙間《すきま》をどうにか
埋めようとするからだよ
誰も埋められない寂しさを
背負ってしまったからだよ

効能

私にとって
それは接着剤
割れた心と心を繋ぎ合わせてくれる

俺にとって
それは弛緩剤
張りつめた心と身体を解してくれる

彼女にとって
それは抗鬱剤

沈んだ気持ちを吊り上げてくれる

彼にとって
それは興奮剤
泣いたり笑ったり怒ったり
圧し殺した感情を呼び覚ましてくれる

点滴

こくこくと
グラスにワインを注ぐ
グラスは漏斗《ろうと》となって
私の心にワインを滴り落とす
一滴一滴身体を巡り
身体中にワインが染みていく

こくこくと

こくこくと
こうして毎夜
ワインで心身を満たしていく

肉体と精神

肉体と精神と
どっちが先に滅びるだろう
このまま酒を飲み続けたら
肉体が先に病み
冴えた精神で無様な肉体を
忌《い》み続けるだろうか
それとも
精神が先に病み
新鮮な肉体を濁った精神で
痛めつけていくだろうか

そんなことを精細に考える
この精神に
酒を打っ掛けてやりたい
今は沈黙に伏して翌朝痛みで私を嘲《あざけ》る
この肉体に
酒を浴びせてやりたい
できれば
肉体と精神が共に滅び
私という存在が洗い流されればいい
けれど
酒にそんな力があるものか
せいぜいどちらかを奪いとって
残った方を抱えて生きてみろと
脅すくらいだ

イタコの口寄せ

お姉ちゃんがお酒を飲む
たちまち
生活の不満や男への憤《いきどお》りが
吐き出される
死んだ魚のような目で
口の端から酒を垂らし
ケタケタと嘲笑いながら
数珠《じゅず》つながりに出てくる
過去の生い立ちや
母親への恨みが

酒はイタコの口寄せのように
お姉ちゃんに過去を降霊させる
お姉ちゃんは操り人形のように
恨みに体をくねらせ
大声を出し
自身を喪失する
お酒が悪いのか
過去が悪いのか
お姉ちゃんが悪いのか

甘え

ごめんね
ママを許してね
あなたを愛してる
それは本当なの
でも
どうしようもなくなってしまうの
こうしてしまうの
こうなってしまうの
ママはきっと弱いのね
あなたを愛してる

それは本当なの
でも
これしかできないの
ごめんね
ママを許してね
あなたを愛してる

未遂

ランドセルの中で筆箱が飛び跳ねる
一気に走る帰り道
今日は家にいるって言ってた
今日は母さんが家にいるって言ってた
首からさげた鍵も今日は外さなくていい
玄関のドアノブに手をかけ回す
開いてる
母さんがいるんだ
ただいま
「おかえり」と電気の点く明るい部屋で

母さんが応えてくれる
今日はそうなんだ
そういう日のはずなんだ
そこで見たのは
手首から血を流し
青白い顔で横たわる母さん
これで三度目の死
こんなことがあるってもうわからないと
期待をする自分が悪いんだと戒《いまし》めないと
少しの時間をおいて母さんにかけより
１１９を押した

一本の煙草

煙草をくれ
その一本を飲もうが拒もうが
オレの人生にもう
変わるものなど何もないのだから
その煙草一本の外に
オレの人生に
残されたものなど何もないのだから
その煙草がオレの人生に
連れ添ってくれた
唯一の奴なんだから

It

それがないと
何も感じないんだ
それを通してでなけりゃ
何も手応えがないんだ

in a Bar

煙草の煙とウイスキーの匂いの中
その男は言った

きみのパパだってこうして
酒を飲みながら
きみのことを思い出してるさ
そうかな
そうさ
決して忘れることなんてないよ
忘れることなんてできないんだよ

忘れたいから酒を飲むけど
余計に思い出させるんだよ
酒ってやつはさ
そういうことをするのさ
罰を与えるんだよ
きみのパパも
きみを捨てたことが許せなくて
酒に頼んで罰を受けているよ
こんなふうに

crack

割れ目があるんだよ
どうしても埋められない割れ目が
心の地底に
ないだろ
あんたに
割れ目のない奴に
わかるわけないさ
オレたちはみな
ただ埋めようとしているのさ
アルコールで　女で　煙草で

男で　ギャンブルで
仕事で　ドラッグで
それでも埋められない
そんなことわかっているさ
だから続けるのさ
埋まらないから止めないのさ
いつまでも
わからないだろ
割れ目のない
あんたに

浄化

タンカー事故
流れ出した廃油の中で
もがく海鳥
黒い液体に囚われ
羽ばたくことも
呼吸することもままならない
あなたたちは
いつか浄化されるのだろうか
もう一度
白い翼を広げ

羽ばたくときが来るのだろうか
そのときは私も
この液体から逃れ
もう一度
歩き出すことができるだろうか

マンホールの下

苔とヘドロが絡み付く
ドブ臭い汚水から生まれ出た俺を
お前はわからないだろう
白い襟をきっちりと止め　理想を語るお前に

這い上がろうと光に腕を伸ばしても
汚れた手に足を引っ張られ
身包《みぐる》み剝がれる屈辱を
お前はわからないだろう

やっと這い出したその出発に

白いシャツを着たお前たちは
幸福にシャンパン片手に人生を笑っている

ヘドロにまみれた俺とお前たちは出発が違うんだよ
這い出たときにはもう
全身の力を使い果たしてしまっていると
誰がわかるだろう

産み落とされたのはマンホールの下
俺はただ
ただ
清らかに好奇心に満ちて
他の赤ん坊のように両腕を広げ
世界を始めたかった
マンホールの上から

カルーセル

もし　あなたが嘘をつかなかったら
もし　あなたが私を裏切らなかったら
もし　あなたが私を傷つけなかったら
もし　あなたがあの一杯を飲まなかったら
もし　あなたがクスリに手を伸ばさなかったら
もし　あなたがあのお金に手をつけなかったら
もし　に乗った馬が一頭一頭カルーセルのようにめぐる
出口はない　行き場はない
ただただ　カルーセルはめぐるだけ
カルーセルに乗り続ける私とあなた

永遠に続く回転の中

仮面の下

どんな顔が隠されていますか
その薄笑いの仮面の下に
どんな顔が隠されていますか
その怒りを堪えた微笑みの下に
どんな顔が隠されていますか
その愚鈍を演じる仮面の下に
あなたが殺し
その皮膚の下に埋めた顔は誰ですか
殺すほど憎い人ですか
あなたが閉じ込め

その仮面の下に鎖で繋いだのは誰ですか
素顔で生きる価値もない人でしたか

罪の棘

茨に手を伸ばしたとき
きみはさっと手をひいた
そのとき僕はきみの指先から
赤い血がふくらむのを見た
罪は棘となってきみを刺す
きみの中に残り
その存在を許すことなく
痛みとなってきみに伝える
ひき抜こうとしても
奥深くもぐってゆき

きみの柔らかな肉を硬くしていく
罪の棘は決して抜けない
きみはその棘を宿したまま生きてゆく

battered woman

あなたは留置場の中にいる
私を傷つけた罪で
それなのに私は
あなたをそこから出してほしいと
一刻も早くそこから出してほしいと
嘆願する
供述書を書く
出てきてもいいんですか
警察官は冷たく聞く
また傷つけられてもいいんですか

殺されてもいいんですか
それは仕方がないんです
あの人を選んだのは私ですから
罪と言えば
それが罪なのですから
あの人は可哀相な人なんです
寂しくてやってしまっただけなんです
私が悪かったのです
出してあげてください
殺されるより
留置場にいるあの人を
想像することに
耐えられないのです

見えないちょうちょ

少女は探しに出ました
その汚れぬ心で無垢な姿で
夜空の星を仰ぎ
大地の緑に目を凝らし
どこにいる
どこにいる
見えないちょうちょ
少女はそれを得るため
何もかも差し出しました
運命も肉体も

幻を見せる男たちは貪りました
少女の目に映っているものを嘲笑しながら
それでも少女はちょうちょを追いました
その男の皮膚にその男の弱さに
どこにいる
どこにいる
見えないちょうちょ
それでもちょうちょは見つかりません
それもそのはず
ちょうちょの姿は見えないのだから
少女は思うのでした
ちょうちょは見えないだけ
いないのではない
見えないだけ
少女はそう思うことで生き延びるのでした

少女がそう思う分だけ
男たちは愉しむのでした
見えないいちょうちょがいないと知るまで
少女の旅は続くのでした

二人で泳ぐ

泳げないあなたの手をとって
私は海に足を入れた
一歩一歩踏み出すたび
水は深くなる
足は底を離れ塩水が口を塞ぐ
喘ぎながら必死に手をかくが
私は泳ぎ方を知らない
重たい波が手足を縛る
あなたはまるで子どものように
私に体を預ける

足を蹴って手をかいて
あなたにそう伝えるけれど
あなたは目を閉じて何も見ない
体を動かそうとしない
私だって泳ぎ方を知らないのに
あなたを腕に抱き
浮上しようと私はもがく

この手を離したら
あなたはどうなるの？
沖に流されてしまうの？
海の底に沈んでしまうの？
それは私のせい？

あなたは手足を動かし

目を開けなければならない
そしてこの海でひとり
泳げるようにならなくてはいけない
あなたを泳がせるのは私ではない
あなたに泳ぎ方を教えるのは私ではない

私も泳ぎ方を覚えよう
そして砂浜からもう一度やり直そう
ひとりで泳ぐことができる人と人が
手をとり合って海に入ったら
きっと海は優しいに違いない
二人で泳ぐことは
きっと楽しいに違いない

危険なメッセージ

戻りたいという衝動を
誰が理解するというのだろう
あなたの許に戻りたい
今すぐ駆けつけて
ごめんね許してねと
抱きつきたい
これから幸せになろう
やり直そうと
笑いたい
私を裏切るあなたに

私を傷つけるあなたに
この裏腹な気持ちを
誰が理解すると言うのだろう
そんな男
戻ったら繰り返しだ
なぜ懲りない
そんな正しい言葉
私には届かない
もっと心に響く
私の腕を摑《つか》む言葉はないのか
例えば
あなたを愛しているとか
命に代えてもあなたが大事だとか
あの人は
私がいなければ生きていけない

命に代えておまえが必要だ
そのメッセージが私を貫く
それは愛する者に贈る言葉ではなく
自己を滅ぼすメッセージ
人が一人で生きていけない時に
発する危険なメッセージ
たとえそれが
ひとりでは立っていられない
依存のメッセージだとしても
たとえそれが
あの人が足りない自分を満たすだけの
誘いだとしても
命に代えておまえが必要だ
私にはそれが大事だ
命に代えてあなたが大事だ

そう思われて生きてきたかった
けれども
私は必死で戻らない
急流に抗い岩に必死でしがみつくように
私は必死で戻らない
命に代えておまえが必要だ
そのメッセージが
再び傷つけることを知っているから
誰にも大事にされない私を
今は
自分自身で大事にしなくてはいけないと
知っているから
ただ正しい言葉だけで私を判断しないで
その言葉が正しいと心底わかっているのだから

廃墟の街

廃墟の街に自分を徘徊させ
海底の沈没船に自分を繋ぎ
あなたは過去に生きる

そこから
私を愛していると叫び
戻ってこいと私の髪を掴む

私は戻らない
戻れない

その手を振りほどき
その街に息吹を戻そうとするけれど
あなたの腕の力は恐ろしいほど強い

あなたの留まるその街に
私はもういない
あなたが揺らぐその海底に
あなただってもういない

わかって

わたしたちはもう
日の差す明るい場所にいるのだと
あなたが瞼《まぶた》を開けさえすれば
気づくはず

目を閉じるのはやめて
夢を見ているふりはやめて
廃墟の街にもう二人はいないのだから

大切なあなた

あなたはこんなにも素敵だから
誰にも傷つけさせてはいけない
あなたはこんなにも
がんばっているのだから
誰にも踏み込ませてはいけない
私はあなたを大切に思う
誰よりも

素敵なあなただから
こんな風に考えてみてはどうだろう

誰もあなたを傷つける人はいないと
あなたをあなた以上に
傷つける人はいないと
気高いあなたを
誰も傷つけられはしない
あなたに入り込み
深い傷口を残せるのは
あなただけだと
ナイフを持って傷口をえぐっているのは
本当はあなただったと
それでも私はあなたが好きだ
そのナイフを捨ててここにおいで

Ⅱ

白乳　White Milk

Recovery ～それぞれの授乳～

その歩みの中で
一滴一滴
集めていこう

糸でんわ

わたしが切った糸でんわ
この糸はまだ震えることがありますか
この声はまた誰かに届くことがありますか

もしもし

この先につながるのは誰ですか
あなたとの糸はまたつながることがありますか
それとも別の誰かにつながっていますか

My cup

子どもは誰でも自分の cup を持って生まれてくる
ひとりひとり違う大きさの cup
その cup にどれだけ愛情を注いであげられるでしょうか
ひとりひとり違う大きさの cup に
適量を注げるでしょうか

少しの愛情でいっぱいになる demitasse
注ぎやすい tea cup
いくら入れてもいっぱいにならない café au lait bowl

その子のcupの大きさを知っていますか
冷めた愛情を注いでいないでしょうか

cupいっぱいの愛情は自信になり
ひとりで歩いていける力になります
あたたかな愛情は共感となり
誰かと共に歩く力となります

cupに愛情を注ぎましょう
いっぱいになったcupは
こんどは誰かのcupを
満たしてあげることができるから

ちょうどいい大きさ

アメンボは海では泳がないし
クジラは池では泳がない
誰にでもちょうどいい大きさの環境があるのさ

宝物

あなたがいくらたくさん宝物を持っていたとしても
それがいくら立派な宝物だとしても
それが宝物だとあなたが気づかなければ
宝物にはならない

幸せは手のひらの中

幸せは手のひらの中にある
あなたのその手のひらの中にある
誰かに求めたり　どこかに探しに行ったり
何かでごまかしたり　妬んだり
そんなことをしなくても
ほら　幸せはあなたがその手のひらに握っている

誕生

新しいものは破壊から生まれる
卵の殻を壊して生まれるヒヨコのように
新しい自分は前の自分を壊すことから生まれる
何の痛みも傷も破壊もなく
昨日の続きのように
平穏の中から
新しいものは生まれない

右腕の傷

右腕に傷がある
痛んで　堪え切れず　叫び出したくなる夜がある
でも　この腕は私のもの
この傷も私のもの
いちど負った傷は決してなくならない
この傷を抱えて生きていく

誰にも見せない　服に隠れた傷跡を
誰にも言わない　夜ごとに痛むその傷を
誰もが傷を持っている

傷を抱えて生きている
右腕に傷がある
それが私

育つということ

人はみんな種を持って生まれてくる
その種を育み　小さな芽を出そうとしている
そこに水があり
日差しがあり
豊かな土があれば
それさえ欠かさずにあれば
種は自ら芽吹き育っていく

水をあげ過ぎてはいけない
日差しは十分に注いでいなければいけない

土は瘦せすぎず
ミミズの営みやそこで生きる生物たちの生死を
見守らなければいけない

持っている種が育つのを待つだけ
育てようと驕《おご》ってはいけない

わたしの服

みんなが着ているので
わたしも着なければと
着てみました
みんながいいと言っているので
きっといいんだろうと
着てみました
その服はなんとも
きゅうくつでぶかぶかで
短くて長くて
色も形も

わたしに似合いませんでした
どうにかこうにか
ベルトをしめたり
袖をきりつめたり
ボタンを外したり
着こなそうとやってみましたが
どうにもこうにも
無理でした
みんなが着ていても
わたしには似合わない
わたしは
わたしにぴったりの服を着よう

どんな子

その子はどんな子
優しい　臆病　意地っ張り　活発
あなたの子がどんな子かわかりますか

その子を見ていればわかります
ただ　眼鏡を外して
眼鏡をかけて見てはいけません
こうあって欲しいという眼鏡で

活発であって欲しいという寡黙な子はどうしたらよいですか

強くあって欲しいという臆病な子はどうしたらよいですか
早くしなさいと言われるのんびりした子は
外で遊びなさいと言われる本を読むのが好きな子は
勉強に大半の時間を費やす遊び盛りの子は

こうであって欲しいという願いはその子への否定です
活発であって欲しいという願いは
その子が活発ではないということです
強くあって欲しいという願いは
その子が強くないということです

そうではないのにそうならなければいけないのは
苦痛を強いることです
その子にとって必要のない努力を強いることです
それを必要としているのはあなたなのですから

その子を見てください
眼鏡を外して
どんな子ですか

ヒメジオン

ものすごく見窄《みすぼ》らしくて
貧乏な家を見せてあげる
子どもは残酷が好きだ
学校の帰り道
わたしは案内に従った
帰る道すがら
わたしの目はうろうろしていた
ほら、あそこ
指さされたのは
わたしの家だった

ずっと背中にナイフをあてられたように
家までの道を歩き
そこでそのナイフはずぶっと
肺まで突き通した
あれ、わたしの家だけど
ようやく声が出ると
あはは、と笑って
その子は走っていった
見窄らしい家に
小さな三角の庭
びんぼう草が待っていた
ふう、とひとつ吐いた溜息に
びんぼう草が風に揺れた
ものすごく見窄《みすぼ》らしくて
貧乏な小さな家だけど

わたしにとって
草花が育ち
ダンゴムシやアリが列をなして歩き
野良猫が遊びにくる
それは素敵で
大きな世界だった
大人になって
その草はヒメジオンという
麗《うるわ》しい名前がついていることを知った

ファミリーネーム

これみんなあたしのファミリーネーム
高井　山瀬　長崎　久田

ファミリーネームって　ある日突然変わる
カレンダーを捲ったり　除夜の鐘を聞いたり
入学式に出たり　そんなこともなく
なんにもしないのに　ある日突然変わる
ただ靴を履《は》き替えるみたいに

結婚　離婚　再婚に養子縁組

母の恋に父の浮気　性格の不一致や価値観の相違
その度に子どものファミリーネームって変わっていく
ファミリーネームってそういうもの
あなた自身が変わるわけじゃない
ファミリーネームってたかがそんなもの

区別

あなたはいつか外国人になるかもしれない
あなたはいつか高齢者になるだろう
あなたはかつて子どもでもあった

いつか障害者になるかもしれない
そしていつか生まれたときの性別を変えるかもしれない

外国人と日本人　高齢者と若者　障害者と健常者
男と女

不自然な必要のない区別

一人の人として何も変わりはしないのに
あなたであることに何も変わりはないのに

嘘

嘘はみんなつく
大人も
子どもも
男も
女も
自分にも
どうして？　なんて問い詰めなくていい
それが当然なんだから
いわば
嘘は裏言葉

みんな話しているけれど
内緒にしてる
裏言葉は心の言葉かもしれない
内緒で心の言葉を話してる
案外
嘘はほんとのことかもしれない

大切なもの

命は何に代えても大切だと言うが
何を大切にするかは
時代によって　場所によって　民族によって
そして　ひとりひとりによって違う

命よりも名誉を大切にした王がいた
命よりも君主を大切にした軍人がいた
命よりも神を大切にした民族がいた

金やプライドよりも命が欲しいと願う人もいる

自分の命に代えて子どもの命を守る母親もいる

大切なことは　自分が何を大切にするか
そして　何を大切にしているかを知っているということ

あなたの大切なものは何ですか

暗号

人の生にはたくさんの暗号が隠されている
それを解きながら進んでいくのが人生

素敵な人に出会った
この人は私にとってどんな暗号なのだろうか
「結婚」という形で
暗号を解いてみた
離婚
この暗号の読み違いだった
また別の暗号へ

進路をどうしようか
「受験」という形で
暗号を解いてみた
不登校
この暗号の読み違いだった
また別の暗号へ

シンガク　シュウショク　ケッコン　ヒッコシ
ニンシン　テンキン　ジケン　ジコ

もっとささやかな日々の出来事も
暗号に満ちている

キョウハナニヲキル　ドコヘイク　ナニヲタベル

ナニヲカウ　ナニヲミル　ダレトアウ

どれも暗号

あなたは仕掛けられた暗号に気づいていますか
あなたなりの方法で暗号を解いてみて
暗号はいくら読み違えてもいい
ほら　もう　次の暗号がそこにあるから

移ろい

激しい雷雨で梅雨の雲が割かれるように
私もあなたから離れよう
季節には移り変わりがある
涙に濡れる紫陽花から
陽に顔を上げる向日葵になろう
太陽はまぶしすぎるけど
真っ直ぐな向日葵は信じられないけど
それでも今は
彼らの力を借りよう
少し強気の汗を流したら
また落ち着いて考えられる

季節が巡ってくるだろう
落ち葉を踏みしめる音に
色づいた葉にきっとあなたを
思い出すだろう
それでも季節は
通り過ぎているから
私とあなたの間を
通り過ぎているから
きっと落ち着いて考えられる
そしてあの美しい季節がくる
宇宙の色を映したあの美しい青
大地に化粧を施したあの美しい白
空と大地が共に世界を彩り
私たちも絶頂の季節だった
それでも季節は

通り過ぎていくから
私とあなたの季節は
通り過ぎたから
その澄んだ空にもう
あなたは映らないだろう
そして何もかも吹き攫《さら》う
嵐が吹き
小さな芽が生まれる
何も知らないただ始まりの
芽が生まれる
陽と大地と風はその無垢な芽を
自信に満ちた若葉に育てる
若葉はその期待に応え
雄々しく手を広げる
麓《ふもと》の紫陽花の涙を忘れて

脱出

そこに留まろうと思う度
魂は濁り
無力感の足枷をはめられる
そこから逃げ出そうと思う度
魂は浄化され
羽毛を抱いたような跳躍感を感じる
この繰り返し
だから今はできなくても
今は戻っても
今はどうにもならなくても

あきらめないで
自分を責めないで
脱出の時が来るから
その時が来るから
あなたには来るから
これは普通ではないと
これはいけないんだと
それだけは信じていて
今はそう信じ続けていて

片手をつないで

愛する人と歩むとき　手をつないでいよう
でも片手だけ
お互いの手をひとつずつ結び　もうひとつの手は
自分自身を　自分の夢を求めていよう
両手をつないでしまうと
相手以外に何も見えない　何もできない
片手を離さずにつないで　肩を並べて歩いていこう
きっとずっと一緒に歩いていける

ブロックで作った社会

力のある人　ない人
知恵のある人　ない人
持ちすぎる人　持てない人
誰にでもある凹凸
どこにでもある凹凸
子どもの頃に遊んだブロックのように
その凹凸を組み合わせて
理想を実現していくのが社会
凹凸がないと作れない
凹凸があるから作ることができる

1×2／2＝1

ひとりでいるより2倍楽しい
ひとりでいるより2倍苦しいこともある
1×2／2＝1
ひとりでは味わえない楽しみがあったり
こんなことならひとりの方がよかったと思うこともある
だから結局1

相手と共に楽しみ
相手と共に苦しみも引き受ける
1×2／2＝1

楽しさ2倍、辛さで半分、だから結局1

結局は自分しだい
楽しさ2倍、辛さも2倍
パートナーといてもいい
楽しさそのまま　辛さもそのまま
ひとりでいてもいい
どんな形を選んでもいい

二人で生きること

誰かと生きることは
辛いことが前提じゃない
支えることが目的じゃない
世の中でたった一つの
二人になるのだから

二人だけは信じあって
大事にしあって
慈しみあって
楽しんで

それでいい

そうして積み重ねた日々には
ふくよかな笑みとたわわな実がなる
裏切や嘘や不信の中で重ねた日々は
不毛な荒野が続くだけ

幸せ

帰る場所があって
職を持って　友がいて
守るべき愛おしいものがいて
共鳴する音楽があって
週末を共に過ごす人がいる
隙間に流す酒を知っていて
頼りに訪れる若者がいる
静かで強い夢があって
眠れる温かい寝床がある
十分な幸せだから

これ以上はこの幸せが
誰かに渡るように祈ろう

宝箱

北の果ての海の底
白くぼんやり船が沈んでいました
その船の小さな船室が
王女の宝箱でした
国から逃れ民を捨て
生まれたときから
王女を縛っていた鎖をほどき
細い体一つで
その船に乗り込んだのでした
小さな船室を

自分を大切にしまう宝箱にしようと
壁にはお気に入りの絵画を
棚には使い慣れたワイングラスを
ベッドには美しいレースを
飾ったのでした
小さな丸い窓からは
青く輝く波に月が泳いでいるのが
見えました
船は旅立ちました
波の彼方に王女は見ていました
この船が朽ちてゆく姿を
それでもかまわない
わたしを宝箱の中に大切にしまったのだから
小さな船室で自分を抱きしめ
王女は思ったのでした

野良犬の血

何度となく繰り返すのは
野良犬の血が騒ぐから
ここに居なさいと鎖で繋がれると逃げ出したくなる
飼い慣らされることを許せない
野良犬の血
私は野良犬として育ってきた
この生活も楽しい　この生活に未来もある
でも　同じ場所にはいられない
誰かに繋がれて生きてはいかれない
自分が野良犬だと知らなかった

きっと温かい寝床で落ち着けると思った
きっと与えられる食事で満足すると思った

でも気づいた
野良犬は飼い慣らされることに耐えられない
今抑えても　きっとまた血が騒ぐ
野良犬には野良犬の幸せがある
今　また　鎖を噛み切るとき

決心の舟

月夜の中
私は丸木舟を漕いでいく
感情という波がこの舟を引き戻すかもしれない
忠告という風がこの舟を揺さぶるかもしれない
櫂を握る拳が震える
この波に　風に
私の舟の行方をされるがままになりはしない
時にそれは転覆の恐れを孕んでいても
舟を漕ぐのは私
櫂を持つのは私

決心という舟に乗ったら
進路をとってまっすぐ進めばいい
いつかその舟が座礁しても
それでもいい
そのときは舟を乗り換えればいい
それがやがて
ボートやヨットや大型船になるかもしれないのだから

托鉢

おまえのその柔らかな心は
人を求めて止まない
まるで母を求める乳飲み子のよう
人恋しくて毎夜毎夜泣くのだ
荒野で風の歌を聞きながら育った少女のように

おまえに必要なのは
人を求めてひりひりと痛むその心を鎮める薬
その痛みが和らげば
安易に自分の身を捧げたり

その身に毒を滴らすこともなくなろう
人を愛することもできよう
おまえ自身を愛することもできよう

その薬をおまえの生の限り集めるのだ
一人一人
おまえを少しでも想うものから
一滴一滴

その薬を飲み干したとき
おまえの人を求める痛みも鎮まろう
餓鬼の地獄に落ちたがごとく苦しい生だが
そうして生きて行くしかないのだ

そうして生きて行くおまえは
何よりも清らかで尊い存在であろう

回復

ありがとう
世話になった
いつまでも一緒にいたいけど
もう行かなきゃ
忘れないよ
決して
おまえがいなけりゃ
この先を歩く気になんてならなかった
どうなるかわからないけど
行ってみるさ
おまえなしで

私の道

この道を歩いてゆこう
どこに続いているかわからないけど
これが正しい道かわからないけど
もう地図はいらない
地図をたためば
ほら
蝶々が導いている
星々の輝きが勇気づける
私の中の磁石をたよりに
鳥たちと一緒に歌いながら

進んでゆこう
寂しくなんてない
右手で世界を
左手で自分を
しっかりと抱きとめているから
行く道に言葉を蒔《ま》いて行こう
涙の粒も落として行こう
道に迷った人が辿ることができるように
この道を進んでいこう
戻ることだってできる
変えることだってできる
だけど
この道を信じてゆこう

解説　愛の「白いミルク」を他者にわけ与えるために

長田邦子詩集『黒乳／白乳――Black Milk ／ White Milk』に寄せて

鈴木比佐雄

長田邦子氏は、児童福祉の仕事をされながら、同人誌などに参加することなく、一人で詩作を続けてきたそうだ。全国紙への投稿以外に自作を発表することはなかったが、二〇一六年にコールサック社が『少年少女に希望を届ける詩集』の詩篇を公募した際に、詩「パン屑を拾いながら」を寄稿してくれた。長田さんのような二百名の共同著者のおかげで『少年少女に希望を届ける詩集』は八月に刊行したが、新聞各紙、NHKテレビでも取りあげられたこともあり、三版にも版を重ねて今も少しずつ求める方が続いている。そんな教育、家庭、福祉など様々な現場で活用されているとその反響を聞いている。長田氏の詩「パン屑を拾いながら」で分かることは、長田氏が子どもたちの置かれている学校現場や家庭環境に近いところにいて、危機に立っている子どもたちに対して、具体的な希望につながる助言の言葉を試みていることだった。その意味では長田氏は現場の人であり、その言葉は、自己の内面に照らし合わせ、子どもたちの苦悩を真摯に受け止めて少しでも子どもたちの苦悩を楽にし、この世界で良き人生を過ごして欲しいというメッセージを発している。詩の冒頭の部分とその他の重要な箇所を引用してみたい。

パン屑を拾いながら

誰も教えてくれなかったね／きみが立ちすくんでいても／生きるには道標がいる／ついておいで　私がパン屑を落としていくから／かつて私も　きみと同じ迷子だった／／パン屑一つ　心の天気／（略）／憂鬱になったり　悲しくなったり／怒りが湧いてきたりしても／放っておいてごらん／何もかも大丈夫って気軽になる日がまたやってくるから／ほんとだよ　放っておいてごらん／／パン屑二つ　今いる場所／／今いる場所はこの先もずっといる場所のように思うよね／でも　そんなことない／人は動いて生きていく動物なんだ／（略）／きみが絶望した世界に希望があることがわかるよ／ちっぽけな世界を捨ててここまで歩いておいで／／パン屑三つ　未熟／／きっとこれを理解するのが一番難しい／きみのお父さんもお母さんも先生も／おじいちゃんおばあちゃんだって／どうしていいのかわからないでいるっていうこと／（略）／私がこう言うのは／皆が未熟だと思うことできみが楽になると思うから／／パン屑四つ　未来／／将来のため　いい学校に入るため　未来のため／がんばれと言われる／でもね　今日は未来のための準

備の日ではないから／今日は今日を楽しむための日だから／（略）／今が満ちていれば未来も満ちている／今の続きが未来だから／／パン屑五つ　あなたはあなたでいいってこと／／きっとこの言葉が腑に落ちるのは遠い先のこと／こんな言葉は大人たちから何度も何度も聞いただろう／今はわからない　私だってわからなかったから／でも今はわかる／だから遠い先まで生きておいで／ここまでおいで／私がパン屑を撒きながら道先案内するから

童話「ヘンゼルとグレーテル」の中で、親に森の奥に捨てられたが、家へ帰る道標のためにパン屑を落としたことになぞらえて、子どもたちが、今の家庭や学校、そして自分の現在を絶対化しないことをさりげなく語っている。それは心が天気のように変わり、今いる場所も変化していき、親も祖父母も先生も本当は子どもと同じように未熟な人間たちであり、未来のために今を犠牲にしないで今を楽しむことを勧め、私も「同じ迷子」だったから子どもたちにパン屑という生きる希望の言葉を落としたいと物語っている。この詩には、子どもたちに心への暴風雨が来た時にそれに耐えていつか青空が来ることを信ずることと、行き詰まったら世界は一つではなく多様な世界があるという視野の広さを持つことなど、長田氏は本気になって子供たちに生きていくための「パン屑」という「道先案内」の言葉を真摯に伝えようとしていた。

そのようなアンソロジーが縁になり、長田氏は書きためていた詩篇から今回の第一詩集『黒乳／白乳――Black Milk ／ White Milk』を刊行することとなった。長田氏のタイトルの一部であるⅠ章「黒乳」では、人間の心身を壊してしまうことが分かっていながらも、アルコールに依存していき、ついには心身を亡ぼしていく人間の精神の闇の深さに迫っている。さらにそれを克服することが出来ないかをⅡ章「白乳」では模索して、その「道標」を試みている。

Ⅰ章「黒乳」の三番目の詩「子どもを映す鏡」を引用する。

子どもを映す鏡

その家の居間の壁には／真鍮で縁取られた大きな鏡が飾られていました／小さなマリーがそこに姿を映すと／鏡は言いました／なんと愛おしい子だ／野うさぎのように柔らかく／繭のように清らかさを孕んでいる／この世の中におまえほど尊いものはない／姿を映すたび　鏡はそう囁くので／マリーは宝物のように輝いた自分を鏡の中に見ました／やがて自分とともに他人を愛する人に育ちました／／その家の台所の棚には／真鍮で縁取られた古い鏡が置いてありました／幼いビリーがそこに姿を映すと／鏡は言いました

／なんと汚らわしい子だ／カッコウの雛のように邪悪で／追い払っても追い払っても集まる蝿のように煩わしい／この世におまえのいる必要などない／目を瞑っても　耳を塞いでも　鏡はそう罵るので／ビリーは薄笑いした罪人のような自分を鏡の中に見ました／やがて自分とともに他人を信じることができない人に育ちました／その鏡には parents という文字が彫られていました

この世に誕生した子どもたちは、何らかの事情があり、父母から愛情を注がれない場合があり、そのことによって「なんと汚らわしい子だ」とか、「この世におまえのいる必要などない」という呪われた言葉を浴びせられる、不幸な出自を持つ存在が少なからずいるだろう。最後の三行「ビリーは薄笑いした罪人のような自分を鏡の中に見ました／やがて自分とともに他人を信じることができない人に育ちました／その鏡には parents という文字が彫られていました」では、この世で最も冷酷な仕打ちを、誕生から成長期の間に拷問のように父母から言葉の暴力を受けて、人間不信の極致で感情を喪失してしまった悲しみを記している。

その結果として次の詩「依存症」にならざるを得なくなることを長田氏は記している。

依存症

あんたたち／赤ん坊の頃／たっぷりともらっただろ／白いミルクを／ガキの頃／たっぷりと甘えただろ／あったかい胸に／俺たち／赤ん坊の頃／もらわなかったんだよ／白いミルクを／ガキの頃／誰にも言われなかったんだよ／可愛いなんて／依存症ってやつはさ／依存していればならないんだよ／依存していなかったからなるんだよ／皮肉だろ／与えられないまま／オトナになっちまったら／自分で満たすしかないだろ／白いミルクの代わりに／黒いミルクで

父母の愛の詰まったミルクが、「白いミルク」が与えられていたなら、この世界で讃美された存在として自信をもって生きていけるが、「白いミルク」をもらえなかった子どもは、永遠にそれに憧れながら、そのトラウマを抱えながら愛情を感じない存在になっていく。そしていつしか大きくなり、「白いミルク」に代わるもの「黒いミルク」を自分で探し出して飲み始めて、破滅の危機を招き寄せていくと、長田氏は身近にいたアルコールにおぼれていく人たちを見て痛感していたのだろう。

その「黒いミルク」のことを次の詩「寂しい酒」と言っている。

寂しい酒

酒を飲むのは湧いてくる寂しさがあるから／今日一人だから　今誰もいないからではない／もっともっと　記憶の闇から湧いてくる／喉を締め付けられるような／心臓を握り潰されるような／どうしようもない寂しさ／誰がいても　誰といても／決して癒えることのない寂しさ

このような「誰がいても　誰といても／決して癒えることのない寂しさ」というような「根源的な寂しさ」こそが、酒を過度に飲ませている原因だと語っている。父母からの愛情が欠如した存在者のささくれだった内面は、「黒いミルク」を飲まざるを得ないでそれを埋めるための代償行為であると長田さんは考えて、次の詩「イタコの口寄せ」を書き記す。

イタコの口寄せ

お姉ちゃんがお酒を飲む／たちまち／生活の不満や男への憤りが／吐き出される／死んだ魚のような目で／口の端から酒を垂らし／ケタケタと嘲笑いながら／数珠つながりに出てくる／過去の生い立ちや／母親への恨みが／酒はイタコの口寄せのように／お姉ちゃんに過去を降霊させる／お姉ちゃんは操り人形のように／恨みに体をくねらせ／大

声を出し／自身を喪失する／お酒が悪いのか／過去が悪いのか／お姉ちゃんが悪いのか

「お姉ちゃん」が酒を飲むと、「過去の生い立ちや／母親への恨みが／酒はイタコの口寄せのように／お姉ちゃんに過去を降霊させる」ようになる。そんな手が付けられなく、誰も癒すことのできない姉の存在の悲しみを長田さんは、きっと心でもらい泣きしながら書かれたのではないか。家族の中で「お姉ちゃん」の「母親への恨み」などの不幸を招き寄せるものが何なのか。それを自問しながら「お酒が悪いのか／過去が悪いのか／お姉ちゃんが悪いのか」と答えの出ない問いを発していく。それでも長田氏は、「お姉ちゃん」のような救いがたい「黒いミルク」におぼれて身を滅ぼしていく存在が救われていく術はないかと問い続けていく。そのことを記した詩が詩「My cup」であり、詩「托鉢」だろう。

My cup

子どもは誰でも自分の cup を持って生まれてくる／ひとりひとり違う大きさの cup ／その cup にどれだけ愛情を注いであげられるでしょうか／ひとりひとり違う大きさの cup に／適量を注げるでしょうか／／少しの愛情でいっぱいになる demitasse ／注ぎやすい tea cup ／いくら入れてもいっぱいにならない café au lait bowl ／／その子の cup の大きさ

を知っていますか／冷めた愛情を注いでいないでしょうか／／cupいっぱいの愛情は自信になり／ひとりで歩いていける力になります／あたたかな愛情は共感となり／誰かと共に歩く力となります／／cupに愛情を注ぎましょう／いっぱいになったcupは／こんどは誰かのcupを／満たしてあげることができるから

長田氏の詩の特徴は、「子どもは誰でも自分のcupを持って生まれてくる」という事実を突き付けながらも、自分も含めてあなたは「そのcupにどれだけ愛情を注いであげられるでしょうか」と問うてくるところだ。読者を超然とさせずに当事者として一緒に考えませんかと提起してくる。最終連も「いっぱいになったcup」を持つ者は、「こんどは誰かのcupを／満たしてあげることができるから」と自分なりの解決策を提示してくる。家庭や学校や社会や国家の様々な悲劇の源は、「白いミルク」への飢餓意識から引き起こされる「黒いミルク」を過剰に摂取したことに起因していることを長田さんは知り、一人でも「黒いミルク」からの依存を減らすために一冊の詩集を書き上げたことは、他者への幸せを願う想いが深いと感じられる。最後に詩「托鉢」を引用したい。「お姉ちゃん」のような不幸な存在が、いつか自分自身を愛し、「清らかで尊い存在」に変わっていくことを願って書かれたもので、多くの人たちに読んで欲しいと願っている。

托鉢

おまえのその柔らかな心は／人を求めて止まない／まるで母を求める乳飲み子のよう／人恋しくて毎夜毎夜泣くのだ／荒野で風の歌を聞きながら育った少女のように／／おまえに必要なのは／人を求めてひりひりと痛むその心を鎮める薬／その痛みが和らげば／安易に自分の身を捧げたり／その身に毒を滴らすこともなくなろう／／人を愛することもできよう／おまえ自身を愛することもできよう／／その薬をおまえの生の限り集めるのだ／一人一人／おまえを少しでも想うものから／一滴一滴／／その薬を飲み干したとき／おまえの人を求める痛みも鎮まろう／／餓鬼の地獄に落ちたがごとく苦しい生だが／そうして生きて行くしかないのだ／そうして生きて行くおまえは／何よりも清らかで尊い存在であろう

あとがき

気の向くまま、時には苦しいとき、子どもの落書きのようにあちらこちらに言葉を書いてきました。散らかってしまったそれらの言葉をまとめたいな、なんとかしなくちゃ、と思っていたところ、『少年少女に希望を届ける詩集』でご縁をいただいたコールサック社の鈴木比佐雄氏が、「詩集」という形にまとめてくださいました。自分で書いてきた言葉を「詩」と思ったことがなかったので、このような立派な形にしてくださり、編集や解説文を書いてくださった鈴木比佐雄氏や装幀の奥川はるみ氏、版製作・校正・校閲などの実務をされたスタッフの皆様に深く感謝申し上げます。

かつて産経新聞「朝の詩」に投稿していたことがありました。その時に年間賞をいただいたことがあります。賞をいただいたことも嬉しかったのですが、詩人、新川和江氏からコメントをいただけたことが何よりも励まされた経験でした。その詩は動物を通して「命」をテーマにして書いたものでしたが、新川氏からは「〝本当はどのように生きたかったのか〟

と、彼らの夢や悲しみに思いをいたすことができる方なのでしょう」ともったいないお言葉をいただきました。その言葉は今も私の心の奥深くに残っています。

『黒乳／白乳――Black Milk／White Milk』には苦しみ、もがき、迷い続ける人々を書きました。そして、その苦しみもきっと楽になるときがくる、ということが今苦しい思いをしている人に届きますようにという願いを込めて書きました。この詩集を発行していただく日、九月十日は「世界自殺予防デー」です。多くの人が苦しんでいる人に寄り添おうとするこの日、少しでも重荷が軽減されるよう、私もこの詩集と共に祈っていようと思います。

結びに、詩集を出版することに自信が持てず、足踏みしていたときに背中を押してくれた大切な人と、この生涯をくれた母、共に手をつないで歩んできた姉と弟に感謝したいと思います。またこの詩集をお読み下さった皆様にも心より感謝致します。どうもありがとうございました。

長田邦子

二〇一九年七月

長田邦子（おさだ　くにこ）略歴

1969年　東京都生まれ。
1994年　法政大学法学部政治学科卒業。卒業後に児童福祉の仕事に就き、現在も続けている。社会福祉士。
2012年　新川和江氏の産経新聞「朝の詩」に投稿し年間賞を受賞する。
2016年　『少年少女に希望を届ける詩集』（コールサック社刊）に参加。
所属：　「コールサック」（石炭袋）会員。
E-mail：　925.osada@gmail.com
郵送先：　〒173-0004　東京都板橋区板橋2-63-4-209
株式会社コールサック社気付

石炭袋

長田邦子詩集
黒乳／白乳――Black Milk ／ White Milk

2019年9月10日初版発行
著者　　　　長田邦子
編集・発行者　鈴木比佐雄
発行所　株式会社 コールサック社
〒173-0004　東京都板橋区板橋2-63-4-209
電話 03-5944-3258　FAX 03-5944-3238
suzuki@coal-sack.com　http://www.coal-sack.com
郵便振替　00180-4-741802
印刷管理　（株）コールサック社　制作部

＊装幀　奥川はるみ

落丁本・乱丁本はお取り替えいたします。
ISBN978-4-86435-403-5　C1092　￥1500E